BLAZERS
Bilingüe/Bilingual

VEHÍCULOS MILITARES / MILITARY VEHICLES

HUMVEES del EJÉRCITO de EE.UU./

U.S. ARMY HUMVEES

por/by Angie Peterson Kaelberer

Consultora de Lectura/Reading Consultant:
Barbara J. Fox
Especialista en Lectura/Reading Specialist
Universidad del Estado de Carolina del Norte/
North Carolina State University

Capstone
PRESS

Mankato, Minnesota

Blazers is published by Capstone Press,
151 Good Counsel Drive, P.O. Box 669, Mankato, Minnesota 56002.
www.capstonepress.com

Library of Congress Cataloging-in-Publication Data
Kaelberer, Angie Peterson.
    [U.S. Army Humvees. Spanish & English]
    Humvees del Ejército de EE.UU./por Angie Peterson Kaelberer = U.S. Army
Humvees/by Angie Peterson Kaelberer.
    p. cm.—(Blazers—vehículos militares = Blazers—military vehicles)
    Summary: "Describes Humvees, their design, weapons, and role in the
U.S. Army"—Provided by publisher.
    Includes index.
    ISBN-13: 978-0-7368-7741-1 (hardcover)
    ISBN-10: 0-7368-7741-X (hardcover)
    1. Hummer trucks. 2. United States—Armed Forces—Transportation—
History—20th century. I. Title. II. Title: U.S. Army Humvees.
UG618.K3418 2007
623.7'4722—dc22   2006026669

Editorial Credits
Martha E. H. Rustad, editor; Thomas Emery, set designer; Ted Williams, book designer;
    Jo Miller, photo researcher/photo editor; Strictly Spanish, translation services;
    Saferock USA, LLC, production services

Photo Credits
AM General Corporation, LLC/Rob Wurtz, 7 (bottom), 8–9, 11 (bottom), 13,
    18–19
AP/Wide World Photos/Antonio Castaneda, 12; Khalid Mohammed, 7 (top)
Check Six/Dan Snellgroves, 24–25; John Clark, 15; Sam Sargent, 11 (top),
    22–23, 28–29
Corbis/Peter Turnley, 26–27 (bottom)
DVIC/SPC Patrick Tharpe, 14
Getty Images Inc./Joseph Giordono, 4–5; Mario Tama, 26–27 (top); Robert
    Nickelsberg, 20–21; Scott Nelson, cover; U.S. Marines/Gordon A. Rouse,
    16–17

**Capstone Press thanks Craig C. Mac Nab, Director of Public Relations for
    AM General LLC, for his assistance with this book.**

1 2 3 4 5 6 12 11 10 09 08 07

TABLE OF CONTENTS

TABLA DE CONTENIDOS

HUMVEES

A line of huge vehicles barrels over bumpy desert roads. Heavy armor protects the U.S. Army soldiers inside. The vehicles are Humvees.

HUMVEES

Una fila de enormes vehículos atraviesa accidentados caminos desérticos. Un pesado blindaje protege a los soldados del Ejército de EE.UU. que van adentro. Los vehículos son Humvees.

5

Humvees work hard for the U.S. military. Some Humvees bring soldiers to missions. Others launch weapons. Some Humvees carry hurt soldiers to hospitals.

Los Humvees trabajan arduamente para los servicios militares de EE.UU. Algunos Humvees transportan a los soldados a sus misiones. Otros lanzan armas. Algunos Humvees transportan a los soldados heridos a los hospitales.

DESIGN

Humvees are long, wide, and powerful. They are high above the ground so they can drive over tall objects.

DISEÑO

Los Humvees son largos, anchos y potentes. Son altos para poder pasar por encima de objetos altos.

Even though Humvees are large and heavy, they move quickly. Their top speed is 78 miles (126 kilometers) per hour.

Aunque los Humvees son grandes y pesados, se mueven rápidamente. Su velocidad máxima es de 78 millas (126 kilómetros) por hora.

Humvees rumble easily over rough ground. They climb steep hills. Not even deep water stops a Humvee.

Los Humvees pasan fácilmente sobre terreno agreste. Suben laderas inclinadas. Ni siquiera el agua profunda detiene a un Humvee.

BLAZER FACT

Humvees use special equipment to travel through water up to 5 feet (1.5 meters) deep.

DATO BLAZER

Los Humvees usan equipo especial para atravesar el agua de hasta 5 pies (1.5 metros) de profundidad.

BLAZER FACT

CH-47 Chinook helicopters can carry two Humvees at the same time.

DATO BLAZER

Los helicópteros Chinook CH-47 pueden transportar dos Humvees al mismo tiempo.

Helicopters and planes carry
Humvees to faraway missions.
Humvees hang from helicopters as
they are lowered to the ground.

Los helicópteros y aviones
transportan a los Humvees a misiones
lejanas. Los Humvees cuelgan de los
helicópteros mientras son depositados
en el suelo.

WEAPONS AND EQUIPMENT

Humvees carrying weapons on their turrets are a threat to enemies. Powerful missiles and machine guns can blow up targets in a flash.

ARMAMENTO Y EQUIPO

Los Humvees que llevan armas en sus torretas son una amenaza para los enemigos. Poderosos misiles y ametralladoras pueden hacer explotar los objetivos en un instante.

TURRET/TORRETA

18

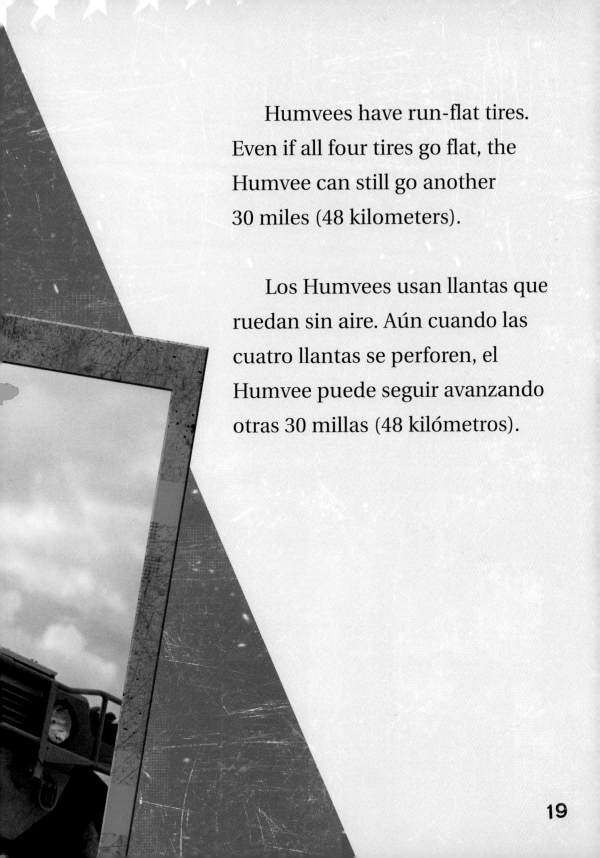

Humvees have run-flat tires. Even if all four tires go flat, the Humvee can still go another 30 miles (48 kilometers).

Los Humvees usan llantas que ruedan sin aire. Aún cuando las cuatro llantas se perforen, el Humvee puede seguir avanzando otras 30 millas (48 kilómetros).

Humvees with metal armor on the sides and underbody are called up-armored Humvees. This tough armor protects the soldiers inside from many enemy weapons.

Los Humvees con protección metálica a los lados y en el chasis se conocen como Humvees blindados. Este resistente blindaje protege a los soldados a bordo de muchas armas enemigas.

BLAZER FACT

Up-armored Humvees weigh 9,800 pounds (4,500 kilograms).

DATO BLAZER

Los Humvees blindados pesan 9,800 libras (4,500 kilogramos).

HUMVEE DIAGRAM/ DIAGRAMA DE UN HUMVEE

ARMOR/BLINDAJE

TP 22

RUN-FLAT TIRE/LLANTA
QUE RUEDA SIN AIRE

MACHINE GUN/AMETRALLADORA

TURRET/TORRETA

8460

TP 20

Humvees on Duty

About 10 soldiers and their gear can fit in the back of a Humvee. Some Humvees carry extra cargo in the back.

Humvees en Servicio

Aproximadamente 10 soldados con todo su equipo caben en la parte posterior de un Humvee. Algunos Humvees transportan carga adicional en la parte posterior.

★ ★ ★ ★ ★ ★

Humvees carry soldiers, weapons, and supplies all over the world. They can handle any kind of weather and all types of land. They help keep the military on the move.

Los Humvees transportan soldados, armas e insumos en todo el mundo. Pueden enfrentar cualquier tipo de clima y todo tipo de terreno. Ayudan a mantener a las fuerzas militares en movimiento.

BLAZER FACT

General Motors sells a nonmilitary version of the Humvee called a Hummer.

DATO BLAZER

General Motors vende una versión no militar del Humvee llamada Hummer.

READY TO FIGHT!/
¡LISTOS PARA EL COMBATE!

MILITARY POLICE

GLOSSARY

armor—a protective covering made of metal or ceramic materials

cargo—objects carried by a ship, aircraft, or other vehicle

missile—a weapon that flies and blows up when it hits a target

mission—a military task

run-flat tire—an inflated tire with a hard plastic center that allows the vehicle to move even if the wheel is punctured

target—something that is aimed at or shot at

turret—a rotating structure on top of a military vehicle that holds a weapon

INTERNET SITES

FactHound offers a safe, fun way to find Internet sites related to this book. All of the sites on FactHound have been researched by our staff.

Here's how:

1. Visit *www.facthound.com*
2. Choose your grade level.
3. Type in this book ID **073687741X** for age-appropriate sites. You may also browse subjects by clicking on letters, or by clicking on pictures and words.
4. Click on the **Fetch It** button.

FactHound will fetch the best sites for you!

GLOSARIO

el blindaje—una cobertura protectora hecha de metal o materiales cerámicos

la carga—objetos que se transportan en una embarcación, aeronave u otro vehículo

la llanta que rueda sin aire—una llanta inflada con un centro plástico duro que permite que el vehículo avance incluso si la llanta está perforada

el misil—un arma que vuela y explota al alcanzar un objetivo

la misión—una tarea militar

el objetivo—un objeto al que se le apunta o se le dispara

la torreta—una estructura giratoria en la parte superior de un vehículo militar que sostiene un arma

SITIOS DE INTERNET

FactHound proporciona una manera divertida y segura de encontrar sitios de Internet relacionados con este libro. Nuestro personal ha investigado todos los sitios de FactHound. Es posible que los sitios no estén en español.

Se hace así:

1. Visita *www.facthound.com*
2. Elige tu grado escolar.
3. Introduce este código especial **073687741X** para ver sitios apropiados según tu edad, o usa una palabra relacionada con este libro para hacer una búsqueda general.
4. Haz clic en el botón **Fetch It.**

¡FactHound buscará los mejores sitios para ti!

INDEX

ÍNDICE